Mark Sarg

Die intrigante Leiche

Mark Sarg

Die intrigante Leiche

Bizarre Kurzgeschichten

Goldene Rakete Verlag für Belletristik

Imprint
Any brand names and product names mentioned in this book are subject to trademark, brand or patent protection and are trademarks or registered trademarks of their respective holders. The use of brand names, product names, common names, trade names, product descriptions etc. even without a particular marking in this work is in no way to be construed to mean that such names may be regarded as unrestricted in respect of trademark and brand protection legislation and could thus be used by anyone.

Cover image: www.ingimage.com

Publisher:
Goldene Rakete Verlag für Belletristik
is a trademark of
International Book Market Service Ltd., member of OmniScriptum Publishing Group
17 Meldrum Street, Beau Bassin 71504, Mauritius
Printed at: see last page
ISBN: 978-620-0-51882-8

INHALTSVERZEICHNIS

DIE EIGENWILLIGE METHODE

Berüchtigt dafür, seine Ziele durchweg auf höchst ***eigenwillige*** Weise zu erreichen, pinkelte sich der exzentrische Lord Ambrose Schlapprumpf auf dem Ehrenpodium vor versammelter, erlauchter Gästeschar, für jedermann deutlich sichtbar, demonstrativ in die Hose – worauf er augenblicklich des Saales verwiesen und nie mehr wieder zu einer Vernissage geladen wurde.

Was genau seine Absicht gewesen war.

DIE VORAUSBLICKENDE LEICHE

Contessina Ambrosina Edelkropf hatte sich in ihrem Sarge ein überaus stattliches Sümmchen beiseitegeschafft.

„Falls es mir im nächsten Leben nicht ***ganz*** so gut geht, kann ich mir dann immer noch eine ***Erste-Klasse***-Beisetzung leisten!“, blickte sie hoffnungsfroh in die Zukunft, während sie zugleich selig in den Erinnerungen an ihr prunkvolles letztes Begräbnis schwelgte – welches der gesellschaftliche Höhepunkt des Jahres gewesen war.

DIE VERWECHSLUNG

„Darf ich Sie karikieren, Exzellenz?“ Außer sich vor Begeisterung kniete Sir Dagobert Hirnstrudel, angesehener Zeitungsillustrator, auf einem diplomatischen Empfang vor dem vermeintlichen Botschafter eines fremden Sterns.

Besaß der so Bestürmte nämlich, um bloß die wichtigsten Kennzeichen zu nennen, keine Nase, lediglich einen halben Mund, ein Ohr und immerhin zwei Augen, von denen das rechte allerdings schief auf die Schläfe „gerutscht“ war.

In Wahrheit freilich handelte es sich bei dem hohen Gaste um Señor Eucalypto Sturmbein, den Minister für Unterricht und Sport einer befreundeten Nation, der sich sein markantes und stolzes Äußeres ausschließlich bei der langjährigen Praktizierung des Hochleistungssports redlich erworben hatte.

Und dieses vor allem der Jugend zu deren „stetiger körperlicher Ertüchtigung“ immer wieder gerne und wohlwollend zur Schau stellte.

DAS ERBÄRMLICHE GESCHÖPF

Ein erbärmliches Geschöpf pilgerte von Haus zu Haus, in der Hoffnung, dass sich endlich jemand seiner erbarme.

Doch erst, als es beim Totengräber anklopfte, war ihm Erfolg beschieden: Er zeigte Einsicht mit ihm und vergrub es noch am selben Tage.

Selig ruht es seither in Frieden.

DIE LEICHE MIT DER PFEIFE ODER

DER HEILSAME SCHRECK

Der vormalige General Rüdiger Mehlstaub rauchte unentwegt Pfeife, sodass ihm Gruftarzt Dr. Rugby Stubenrüssel immer wieder vorwarf, seine Gesundheit aufs Äußerste zu strapazieren.

Es half nichts, er paffte leichtsinnig weiter und weiter – bis er eines Tages tatsächlich wieder am Leben war.

Doch ***dieser*** Schreck ***befreite*** ihn von seinem Laster mit einem Schlage!

DIE DIEBISCHE KREATUR

Eine diebische Kreatur riss Pfarrer Fridolin Wendlmüller bei der Kommunion den Kelch aus den Händen, stopfte ihm drei Hostien in den Mund, als er zu fluchen ansetzte, und rannte mit den restlichen blitzschnell davon.

Denn zum Ausgleich für ihr diebisches Naturell schob sie jeden Sonntag eine „heilige Mahlzeit“ ein.

DIE HEILIGE REVANCHE

„Eure Heiligkeit können sich jede Mühe sparen – ich kehre der Kirche ein für alle ***Mal*** den Rücken!“

Selbst das demutsvolle Ausharren Papst Hüftspecks des Unnachgiebigen unter dem Bette des abtrünnigen Kardinals Romero Sternbart, um ihm als Zeichen der Vergebung vor der Nachtruhe die Füße zu küssen, vermochte an dessen eisernem Entschlusse nichts mehr zu ändern – der nach dem Besuch eines Spezialkursus für „Höheres Verstandesdenken“ zustande gekommen war. Und er wies seinem hohen Gaste energisch und unerbittlich die Tür.

Gleich darauf musste er allerdings schockiert feststellen, dass sich der Heilige Vater offenbar bereits ***vorsorglich*** für seine „Gottlosigkeit“ revanchiert hatte – denn sowohl unterm als auch im Bett fand er höchst ungustiöse „heilige Hinterlassenschaften“.

Worauf er in seinem Abendgebet dem Allmächtigen dafür dankte, ihm noch einmal derart deutlich die ***Richtigkeit*** des eingeschlagenen Weges bestätigt zu haben.

DER HEILIGE STAUBWEDEL

Um die über alle Maßen verzopfte und verkrustete katholische Doktrin ihrer so bitter nötigen gründlichen Säuberung zu unterziehen, bedürfe es wahrlich keines Heiligen Vaters, forderte der zu Unrecht vergessene Religionsphilosoph Ambrosino Edeltupf, sondern eines – Heiligen ***Staubwedels***.

Würde nur ***endlich*** ein solcher geboren!

DER HEILIGE PAPAGEI

Das Nachplappern der Heiligen Schrift auf „allerhöchstem Niveau" – darin bestand wohl nach Auffassung – nicht nur – Papst Edelhupfs X. seine ***vornehmste*** Pflicht.

Demgemäß fühlte er sich freilich am Ende auch ganz als Heiliger ***Papagei***.

Vielleicht folgten ja dieser wichtigen ***ersten*** Erkenntnis drüben dann noch weitere, ***entscheidendere*** nach …

DIE ERLAUCHTE KREATUR

Eine erlauchte Kreatur stapfte in schwarzen Samtpantoffeln nebst Gamaschen von einem Fettnäpfchen ins nächste – bis sie so sehr kontaminiert war, dass sie sich schleunigst wieder ins Jenseits zurückzog, um sich dort eine gründliche Säuberung und Restauration zu gönnen!

DIE LEICHT ERREICHBARE LEICHE

Der höchst umtriebige Geschäftsmann Belindo Krendampf legte größten Wert darauf, auch in seinem nachmaligen Zustande möglichst ***leicht*** erreichbar zu sein – und hatte sich daher auf dem verkehrsmäßig günstigst gelegenen Friedhof der Stadt mitsamt drei Handys bestatten lassen: „Man kann wirklich nie wissen, welche Geschäfte einem entgehen könnten. Außerdem will ich natürlich meinen beträchtlichen Bekanntenkreis nicht verlieren!“

Als sich dann aber just ***niemand*** bei ihm meldete, gab er sein Grab rasch wieder auf und zog zurück in seine frühere Wohnung – die mittlerweile freilich anderweitig vermietet war.

Sodass er wegen Hausfriedensbruchs im Kittchen landete – wo er dann vorübergehend etwas ***weniger*** leicht erreichbar war.

DIE SCHWER ERREICHBARE LEICHE

Nach seiner Beisetzung an einem streng geheimen, äußerst entlegenen Ort war der gefeierte Kultpoet Basedow von Mondbauch für seine erschütterte Fangemeinde plötzlich nur mehr sehr schwer erreichbar.

Die wenigen jedoch, die ihn in unbeirrbarer Ausdauer ***dennoch*** aufzuspüren vermochten, belohnten sich für ihre Treue selber – und legten sich gleich zu ihm.

DAS WENDIGE GESCHÖPF

Ein wendiges Geschöpf wand sich mühelos durch sämtliche Klippen des Lebens und hatte dabei stets ***ein*** Ziel im Auge: Bestmöglich gegen den ***Tod*** gewappnet zu sein und sich ihm auf jede nur erdenkliche Art und Weise zu entwinden.

Doch ***so*** enorm war selbst ***seine*** Wendigkeit noch nicht – weswegen es munter und unverdrossen im ***Jenseits*** weiterübt …

DER PAPST ALS LOCKENWICKLER ODER DIE UMGEKEHRTE BEKEHRUNG

Um Luzifer erst zu betören und dann zu bekehren, lud ihn der für seine Haarpracht berühmte Papst Frühlingsschädel der Unwiderstehliche nachts in seine Privatgemächer, bewirtete ihn verführerisch mit Sekt, bis er betrunken war, begab sich feierlich mit ihm zu Bett – und wickelte ihn in seine langen Locken, damit seine Frömmigkeit im Schlafe auf ihn überspringe.

Doch leider ging die Sache gründlich schief – denn als er morgens erwachte, war er selber zu einem Teufel geworden.

Gottlob merkte es nur keiner, denn ***ein*** Teufel mehr oder weniger im Vatikan fällt ja nun wirklich nicht weiter auf ...

DAS BELLENDE HEMD

Ein weißes Hemd saß auf dem Fensterbrett und blickte hinab auf die Straße, als es ein ***schwarzes*** nahen sah. Empört fing es so wütend zu bellen an, dass es das Gleichgewicht verlor und hinunter, direkt in den Kragen des anderen Hemdes fiel.

Worauf es von diesem sogleich mitsamt den Manschettenknöpfen gierig verschlungen wurde.

„Schon ***lange*** wollte ich mal einen Hund verschlucken, der wie ein ***Hemd*** aussieht!“, grunzte es anschließend satt und zufrieden.

DAS UNERLAUBTE GESCHÖPF (3)

Ein unerlaubtes Geschöpf drang in die Welt ein, schlüpfte in die Klamotten eines Bettlers und suchte anschließend Papst Sauerrumpf den Edlen auf.

Nachdem es von diesem zur praktischen Demutsübung hinreichend abgeküsst und -geleckt worden war, raubte es ihm die Kleider, steckte ihn in die seinen und jagte ihn zum Teufel, während es – gleicherarts streng illegal natürlich – auch sein ***Aussehen*** annahm.

Um sodann für einige Jahrzehnte hochverehrt und vielbewundert sein Amt auszuüben, ehe es durch einen „heiligen Tod“ schleunigst wieder verschwand.

Auf ***Erden*** wurde es bis ***heute*** weder durchschaut noch belangt ...

DIE STRIKTE DIÄT

Die ebenso distinguierte wie beleibte Baronin Ambrosina Edelgupf orderte in einem Nobelrestaurant eine Portion Spaghetti mit drei Pfund Parmesan.

„***Drei Pfund***?“, hakte der Ober sichtlich ungläubig nach.

„Bei ***vier*** Pfund ***überesse*** ich mich – und ich halte strikte Diät, junger Mann, sehen Sie mich doch ***an***!“

DER HEILIGE RABENVATER

Erst auf dem Sterbebett beichtete Papst Schnittlauch der Schnittige seine stattliche Anzahl „unheiliger“ Kinder – denen gegenüber er sich zeitlebens schlicht wie ein Rabenvater verhalten hatte, indem er sich rundweg weigerte, sie anzuerkennen, geschweige denn in irgendeiner Form zu unterstützen.

Doch zur „Wiedergutmachung“ entschuldigte er sich nun in aller Form damit, dass ihn allein die starren Regeln seines „Rabenamtes“ zu dieser Vorgangsweise nötigten.

Die ***tierischen*** Raben mögen in christlicher Barmherzigkeit die Befleckung ihres Namens durch derlei unrühmliche, rabenschwarze Vergleiche gütigst verzeihen!

DER PAPST ALS STRADIVARI

Um den schlüssigen Beweis zu liefern, welch ***himmlischen*** Klänge doch mit ihm zu bewirken seien, bot sich Papst Weißherz I. auf einem kirchlichen Basar als „Stradivari“ feil.

Es erwarb ihn aber just Maestro Remassuri Remassini, ein Meistervirtuose, den man zu Recht als „Teufelsgeiger“ rühmte – und der nun mit größter Leichtigkeit der Welt bewies, welch überaus ***teuflischen*** Laute Seiner Heiligkeit zu entlocken waren.

Dazu hätte es freilich nicht dieses „musikalischen“ Umwegs bedurft.

DIE VERLORENE JUGEND

Eine Spinne spann ihr Netz nur bei Vollmond,
so blieb stets von bösen Geistern sie verschont.

Einmal bloß vergaß sie diese Tugend
– und ***dahin*** war es mit ihrer Jugend!

DER SCHLAROTIST

Vicomte Henri Veausac war Schlarotist (begeisterter ***Schlafrock***träger) durch und durch.

Eines Morgens konnte er sein geliebtes Stück einfach nicht finden und geriet völlig aus dem Gleichgewicht – ehe er es dann endlich im ***Kamin*** entdeckte!

Wie es dorthin gelangte, schien ihm wahrhaft schleierhaft – weshalb er so lange darüber nachgrübelte, bis er vor Erschöpfung nochmals einschlief.

Als er wieder erwachte, hing er selber im Kamin – während der Schlafrock im Bett lag. „Auch nicht übel – hier ist es ***noch*** wärmer!“, tröstete er sich – und schlief heiter weiter.

DER PAPST ALS GORILLA

Gerade ***diese*** dankbare Rolle durfte im päpstlichen Zirkus der „Fremderprobung“ ganz sicherlich nicht fehlen. Doch war sie Rosinius dem Launigen offenbar ***so*** auf den Leib geschrieben, dass er trotz berauschenden Erfolges dem Vatikan den Rücken kehrte und zur schleunigen umfassenden Christianisierung seiner Artgenossen lieber direkt in den Urwald zog.

Was seinem Nachfolger, Schildlaus dem Unbezwingbaren, dann freilich die höchst ***un***dankbare Rolle des „Erretters der Kirche vor den Affen“ aufzwang.

Mit durchaus ***mäßigem*** Erfolg – wie man heute weiß ...

DER PAPST ALS MÜLLSCHLUCKER

In tiefster Demut und Barmherzigkeit fand Papst Schnabulatius I. sich bereit, das Elend und den Müll der ganzen Welt auf sich zu nehmen und zu schlucken.

Erstaunlicherweise schien ihm diese Kost jedoch derart nahrhaft und bekömmlich – dass er sich nach seinem frühen Tode begeistert entschloss, noch eine weitere Existenz als ***regulärer*** Müllschlucker anzuhängen.

DER PAPST ALS TROCKENFUTTER

Auch als Trockenfutter für hungrige Tiermäuler will man als ***alles*** umspannender Heiliger Vater seine durchaus berechtigten ganz persönlichen Erfahrungen sammeln.

Sie gerieten jedoch Papst Mehlwurm dem Überwältigenden entschieden ein wenig ***zu*** trocken, weshalb er sich gleich anschließend noch als ***Milchbrei*** versuchte ...

DAS VERSCHWUNDENE BALLKLEID

Lord Archibald Feuchtzwirn war außer sich vor Verzweiflung. Sein Ballkleid, eine Création von Maître Alfonso Schmalzrüssel, dem teuersten Couturier der Stadt, war verschwunden, und der Ball des Hochadels stand unmittelbar bevor.

Da beschlich ihn in letzter Minute ein ungeheurer Verdacht. Er stieg hinab in die Gruft, öffnete den Sarg seiner Gemahlin Lady Miranda – und tatsächlich lag ***sie*** im Kleid darin! „Nimm mich mit auf den Ball!“, bat sie flehentlich und spannte die Hände um seinen Hals, doch voll Entrüstung lehnte er ab – worauf sie ihn erwürgte und ***ihn*** mitnahm auf den Ball.

Und obwohl er dort nun einen ganz gewöhnlichen Frack trug und nur durch seine „Wortkargheit“ auffiel, wurden die beiden dennoch, des berauschenden Kleides wegen, zum vielumjubelten Paar des Abends.

Um ihren Gatten hernach für die erlittene „Unbill“ ein wenig zu versöhnen, nahm ihn die Lady großmütig ohne formelle Beisetzung bei sich im Sarge auf.

Und stülpte ihm als Leichenhemd sogar das edle Kleid über!

DER KÜNSTLERISCHE HÖHENFLUG

Die glanzvolle Darbietung des weltberühmten Akrobaten Signor Tessino Krautbart bestand darin, mit einem Stuhl, der so um ihn geschnürt war, dass die Sitzfläche in etwa an seiner Kehrseite lag, dreimal virtuos über die Bühne zu hopsen und sich anschließend ***hinter*** dieser dreimal zu verbeugen.

Eines Abends war der Stuhl jedoch schlecht befestigt, löste sich und fiel zu Boden – worauf der Artist ausgebuht wurde. Als er ihn aber gänzlich unvermittelt ins Publikum warf und diesem ***vor*** der Bühne dreimal einladend sein Hinterteil entgegenstreckte, flogen ihm schlagartig sämtliche Herzen mit frenetischem Jubel wieder zu.

Presseberichten zufolge markierte dieser Aufritt den größten Triumph in seiner gesamten künstlerischen Laufbahn!

DAS NAHRHAFTE GRINSEN

Baronesse Isolde Leichtfuß besaß ein überaus ***nahrhaftes*** Grinsen.

Denn jedermann näherte sich ihr so bereitwillig und in freudiger Erwartung – dass sie ihn ganz mühelos, mit einem Satz ***verschlingen*** konnte!

DAS STOLZE ROTZMENSCH

Ein Rotzmensch[1] trug die Nase so hoch, dass es sich kaum richtig schnäuzen konnte.

Doch war es auch darauf stolz: „So werde ich endlich meinem Namen ***völlig*** gerecht!" Und es trug sie bald ***noch*** höher, sodass es nur mehr den ***Himmel*** sah – worauf es natürlich noch stolzer wurde.

Als es dann aber zwangsläufig in einen Abgrund gestürzt und danach ***kein*** Rotzmensch mehr war – erfüllte es ***dies*** mit dem ***aller***größten Stolz!

---

[1] Ungezogenes Mädchen, Göre

DAS ESOTERISCHE ROTZMENSCH

Schon früh begann sich ein Rotzmensch für Esoterik zu interessieren – doch bloß aus einem einzigen Grunde:

Es suchte nach einer Rechtfertigung, frei und unbehelligt von Gewissensbissen jedermann die Zunge zeigen zu dürfen. Da es eine solche freilich in keiner der Lehren fand, gründete es schließlich seine eigene „Schule" – in der das Herausstrecken der Zunge als Zeichen von Weisheit galt.

Doch als sich bald wirklich alle in der Stadt derart „begrüßten" – hatte es sehr rasch genug davon. „Auch zu nichts nutze, die Esoterik!", urteilte es enttäuscht – und wandte sich wieder rein „weltlichen" Dingen zu.

DAS ROTZMENSCH BEIM SCHNEIDER

Ein Rotzmensch erschien bei Schneidermeister Baldassare Schlapfstrumpf, um sein Brautkleid in Auftrag zu geben.

„Wer hat mich Ihnen denn empfohlen, gnädiges Fräulein?“, erkundigte er sich beflissen. „Geht Sie ***gar*** nichts an.“ – „Sind Sie überhaupt alt genug, um zu heiraten?“ – „Geht Sie ***noch*** weniger an.“ – „Sie haben ja nicht einmal die ***Manieren*** einer Braut!“ – „Das geht Sie am aller***wenigsten*** an!“

„Besitzen Sie auch genügend Geld, um zu bezahlen?“ – „Deswegen will ich ***dich*** ja ehelichen, du Gimpel!“ Und sie spitzte kokett die Lippen.

Überglücklich und gerührt nähte er ihr binnen kurzem ein prachtvolles Kleid.

Doch als sie es anhatte, ließ sie ihn prompt sitzen – und heiratete den Lehrjungen.

DAS ROTZMENSCH ALS TORERO

Um durch einen „Heldentod“ wenigstens posthum Geltung zu erlangen, hüpfte ein Rotzmensch in einem roten Dirndl einem Stier auf der Alm so lange vor der Nase umher, bis er sich gnädig seiner erbarmte und es zwischen die Hörner nahm – allerdings nur, um es in einen großen Misthaufen zu werfen.

„Wissen wahrhaftig ***nicht***, was sie mit ihrer Zeit anfangen sollen, diese Rotzmenscher!“, sinnierte er kopfschüttelnd, während er weitertrottete. „In Spanien ist es freilich noch viel schlimmer – sie nennen sich dort gar ‚***Toreros***‘!!“

DAS IDEALE GESCHÖPF ODER

DIE TEUFELSAUSTREIBUNG AUS DER KIRCHE

In einer Maskierung als geschundener Mohr
pochte ein ideales Geschöpf ans Kirchentor.

Da es den Pfarrer bei der Predigt störte,
was sich nun wirklich gar nicht gehörte,
missachtete er sein Flehen um etwas Brot –
und schickte es zum ***Teufel*** mit seiner Not.

Doch wie immer, so auch dieses Mal
verhielt das Geschöpf sich ganz ideal.

Es orderte himmlische Mächte ins Gotteshaus
und diese trieben dann dort den Teufel ***aus*** ...

DER NACKTE SCHATTEN

In ihrer Badewanne fand Demoiselle Viviane Schmatzkratz abends einen nackten Schatten vor. Erwartungsvoll erkundigte sie sich, ob sie ihm etwas Wasser einlassen solle, was er verneinte, da er bloß ein wenig in Ruhe ausrasten wolle, wobei sie ihm nur helfen könne, indem sie den Raum wieder verließe.

Widerwillig ging sie fernsehen – doch als sie später nach ihm sah, war er eingeschlafen. Während sie nun ihr weiteres Vorgehen überlegte, klingelte das Telefon, worauf der Schatten aufschrak: „Was starren Sie mich denn so an, Sie ordinäre Person, haben Sie noch nie einen nackten Schatten gesehen? Auf ***Ihre*** Gastfreundschaft kann ich künftig gern verzichten!“ Und er sprang aus der Wanne und lief unbekleidet aus der Wohnung.

„Hoffentlich erregt er draußen kein öffentliches Ärgernis!“, bangte sich Mademoiselle, „Nicht alle sind schließlich so liberal wie ich eingestellt!“

Dann nahm sie endlich den Hörer ab.

DER REGENBOGENPAPST

Als wirklich ***singuläres*** Phänomen muss Papst Clementinus der Gütige bezeichnet werden. Gelang ihm doch als bisher ***Einzigem***, ein offener und liebenswerter Vater für (beinahe) ***alle*** zu sein. Nur eben leider nicht sehr lange.

Denn bei einer solch „obszön-bunten" Amtsauffassung würde nach Meinung der Traditionalisten Gott zwangsläufig zu kurz kommen – weswegen einige zutiefst um dessen Wohlergehen besorgte Kardinäle zu seiner sowie des „Übeltäters" eigener Rettung schritten, indem sie diesen bei einer brüderlichen Zusammenkunft fürsorglich vergifteten, während sie beschwörend für seine Seele beteten.

Und um den Allmächtigen nach dieser „Regenbogenperiode" noch weiter zu besänftigen, führte dessen nächster „Schutzherr", Papst Prohibitus der Strenge, für all jene, die sich unbotmäßig verhielten, sogar die „selektive" ***Christenverfolgung*** wieder ein ...

EIN GESCHÖPF AUS NIEDERSACHSEN

Ein Geschöpf aus Niedersachsen,
den Kinderschuhen kaum entwachsen,
klaute einem Franzosen
einen Strauß roter Rosen.

Doch stach es sich an einem Dorn –
und hat nun der Liebe ***abgeschworn***!

DIE SCHMUCKE PERSON

Eine schmucke Person auf Freiersfüßen betrat eine Likörstube, wo man ihr nur aufgrund ihres Aussehens sofort ein Gläschen spendierte.

In einer Fleischerei verehrte man ihr mit Handkuss eine Knackwurst – und im Blumenladen steckte man ihr eine prachtvolle Distel ins Haar – alles fein gratis, versteht sich.

Überaus animiert suchte sie nun eine Heiratsagentur auf, wo man ihr wiederum völlig spesenfrei einen schmucken Partner vermittelte – der sich bloß leider als allzu anhänglicher ***Drachen*** erweisen sollte, den sie nicht mehr loszuwerden vermochte.

Weswegen sie schließlich von der Jungfrau Maria ihren gnädigen Tod erflehte.

Und selbst ***den*** bekam sie umsonst. Wenn auch erst 30 Jahre später.

DIE INTRIGANTE LEICHE

Selbst in ihrem „finalen" Zustande noch erachtete es die langjährige Parlamentspräsidentin Olga Rosenkropf als ihren „vornehmsten" Zweck, Unfrieden und Intrigen aller Art zu stiften. Ständig spielte sie ihre Genossinnen gegeneinander aus.

Als aber der Friedhof ihr übles Tun endlich durchschaute, war seine Strafe ***un***ermesslich:

Er schickte sie ohne Pardon zurück an ihre frühere Wirkungsstätte!

DIE MAHNENDE ERINNERUNG

Miss Elsbetta Haderlump empfand ihr Leben als eine einzige, unerträgliche Zumutung – weswegen sie es unverzüglich gegen ein anderes, weit besseres tauschte.

Dies fiel ihr freilich gar nicht schwer, weil sie längst nicht mehr auf Erden weilte. Von da hatte sie lediglich ihren stolzen Namen beibehalten.

Als „mitleidsvolle, ewig mahnende Erinnerung an die graue ***Steinzeit***“ ihrer ungezählten Existenzen.

DER NONNENPAPST

Immer wieder frönte Papst Blasius Maulgack in schlaflosen Nächten seiner geheimen Leidenschaft: Als Nonne verkleidet eilte er zum nächstgelegenen Kloster, um dort, wiehernd vor Begeisterung, die Mauern entlangzukriechen.

Von der Oberin Isolde Gaulsack dabei ertappt, konnte er seiner Bloßstellung nur entgehen, indem er ihr gelobte, fortan auf ***ihr*** entlangzukriechen.

Was ihn freilich sehr rasch ***kurierte*** von seiner Sucht …

DIE ERSCHÜTTERTE NONNE

Fast ihr ganzes Leben lang war Schwester Agatha Morgenrüssel beseelt vom Wunsche, wenigstens ***einmal*** den Heiligen Vater in seinem heiligen Schlafe bewundern zu dürfen.

Endlich pilgerte sie nach Rom, versteckte sich nach einer Generalaudienz im Vatikan und schlich nachts, ehrfurchtbebend den Rosenkranz betend, in die allerheiligsten Gemächer – wo sie nun ***erstarrte***: Erbärmlich verrenkt und Grimassen schneidend wälzte er sich nackt und aufgedeckt im Bett, während er fürchterlich schnarchte!

Zutiefst erschüttert trat sie aus der Katholischen Kirche aus und blieb bis zum baldigen Tode vergrämt, und ohne weiteres Religionsbekenntnis.

DIE SPINNE UND DIE KLOFRAU

„Ich habe dich mehrmals schon ersucht, nicht hier herumzusitzen und meine Gäste in ihrer Intimsphäre zu stören!“, wies Miss Rosl Tulpenzopf, Toilettenfrau, eine Spinne zurecht. „Gestern erst hat sich ein Lord darüber beschwert, dass du ihm bei seiner heiligen Handlung zusahst!“

„***Verschmockter*** Kerl!“, rief da die Spinne, „Das hätte ich ihm gleich auf den ***Kopf*** zusagen sollen. Das ***hat*** man davon, wenn man falsche Zurückhaltung übt!“

DER EDLE MORD

Über Nacht wurde ein Mord plötzlich so edel, dass er beschloss, nicht mehr er selbst zu sein.

Weil er aber nicht wusste, was er statt***dessen*** sein sollte, blieb er letztlich doch, was er war.

Dies allerdings auf so ***edle*** Weise – dass jedermann, den er ***verschont*** hatte, in tiefstem Respekt den Hut vor ihm zog!

Printed by Books on Demand GmbH, Norderstedt / Germany